이혜란 제2시집

행복의 열매

국립중앙도서관 출판예정도서목록(CIP)

행복의 열매 : 이혜란 제2시집 / 지은이 : 이혜란. -- 서울 : 한누리미디어, 2018
p. ; cm

ISBN 978-89-7969-768-1 03810 : ₩10000

한국 현대시 [韓國現代詩]

811.7-KDC6
895.715-DDC23 CIP2018000565

이혜란 제2시집

행복의 열매

한누리미디어

| 자서 |

인생 끝자락에서 밝은 태양이 불끈 솟아

2017년은 내 인생 최고의 선물로 자리한 한해였다. 계간 『지구문학』 신인상 시부문에 당선되어 시인으로 등단하고 곧바로 개인시집으로 《하늘에서 온 편지》를 세상에 내보이는 영광도 누린 겹경사의 해로서 남은 여생 얼마가 될지 모르지만 영원히 잊지 못할 것이다.

38따라지 인생이라고 스스로 자괴감에 빠져 평생을 살아오다 80고개에 들어서면서 그야말로 인생 최대의 변혁을 맞이하게 되었다고나 할까. 부모님을 일찍 여의고 해방공간에서 갈 길 몰라 헤매다 육이오의 전란 속에서 배움의 욕구를 일찌감치 접어버리고는 참으로 힘겨운 삶을 버텨오면서 그 캄캄하고 어두웠던 세월을 잊게 해준 글쓰기….

세파의 어려움을 헤치고 살아오면서 그나마 삶에 희망을 안겨준 것은 오며가며 사색하고 그 느낌을 일기 쓰듯 꾸준히 기록해 모은 것들인데 지난 2017년 청명절(4월 5일)에 팔순의 해를 맞이하면서 우연히 찾아가 만난 수원법원사거리의 '조안의료기' 마종옥 대표가 이 기록물을 보고는 시인으로 등단해도 손색이 없다는 격려의 인사를 해주는 것이 아니었

던가.

기성시인인 마종옥 대표의 세심한 배려로 잠시나마 글쓰기를 제대로 지도받고 한누리미디어 김재엽 대표의 격려에 힘입어 지구문학에 투고하게 되었고 당선이라는 기쁜 소식이 세상을 모두 얻은 듯 내 마음을 날아갈 듯 기쁘게 했다.

학문적으로 제대로 배우지 못한 나에게 시인이라는 이 엄청난 소식, 그리고 시집 《하늘에서 온 편지》를 세상에 내보이는 참으로 엄청난 시업이야말로 따라지 인생이라고 스스로 비하하며 살아온 인생을 제대로 변혁시켰고 또 나를 아는 세상 모두가 놀라 박수 치고 기뻐해 주지 않았던가.

경기도 가평군 하면 하판리 와곡동 고향 산천에서부터 맺어진 지인들 모두가 이 사실을 아는 한 더 없이 기뻐할 것이고 천상에 가 있는 부모님과 딸아이도 기뻐할진대 정녕 이 상황이 아직도 꿈인 듯 어안이 벙벙하기만 하다.

이제 2018년 무술년 황금 개띠해 벽두에 제2시집 《행복의 열매》를 상재하면서 다시금 느끼는 감흥이 인생 끝자락에서 밝은 태양이 내 가슴 속 깊은 곳에서 불끈 솟는 것만 같아 더욱 행복한 순간이다.

소중한 인연으로 인생 끝자락을 더욱 빛나게 해준 지구문학 심사위원님께 깊이 감사드리며, 바쁜 중에도 시창작 지도를 아끼지 않으신 마종옥 시인과 김재엽 대표님께도 재삼 감사의 인사를 드린다.

2018년 새해 첫날 아침에 **이 혜 란**

차례

제 1 부 하나님의 사랑

Contents

제 2 부 영원한 생명의 길

차례

제3부 사막에서도 열매를 맺는다

제 4 부 나의 보금자리

차례

제5부 어느 길로 가야 하나

Contents

제6부 사랑이 넘치는 부부

제 1 부

하나님의 사랑

이름을 남기고

호랑이는
가죽을
남기고

사람은
이름을
남기고…

행한 대로

악을 행한 자는
심판의 부활로

의를 행한 자는
영생의 부활로

희망

한 알의 밀알이 흙속에 묻혀
혹은 삼십 배 혹은 육십 배
혹은 백 배의 결실을 맺듯이

아들들과 딸들을 출가시키면
자부들과 사위들로 인해
내 희망은 점점 커져만 간다

아름다운 풍경

선비들은 책을 읽고

새들은 노래하고

나무들은 부채질하니

아름다운 풍경이로세

부자 되는 길

다른 이보다
덜 쓴다

다른 이보다
더 많이 일을 한다

다른 이보다
꿈을 키운다

고귀한 선물

그동안 칠순의 고개를 넘느라
힘든 일이 많았지만

손자손녀 왈
'우리들이 있잖아요' 한다

그 어떤 선물보다 너무나
귀하고 귀한 선물을 받았다

아마도 이 선물은 죽음이
올 때까지 지속되리라

말 한 마디

지난 세월 뒤돌아보니
아픔의 상처만 가득하였어라

손자손녀들이 보내는 말 한 마디
'우리가 있잖아요'

모든 상처가 아물면서
온 천하를 다 얻은 기쁨이어라

동행하는 길

외롭고 쓸쓸한 사막길
걸었었네

예수님이 함께
동행하는 길이기에

남은 인생길 다 마치도록
주여, 끝까지 도우소서
아멘

마음먹기에

악몽은
구름처럼

시련은
번개처럼

기쁨은
산소처럼

희망은
영원토록…

보약

자부의 전화 음성 듣고
내 마음 편안해져

보약을 먹은 듯
내 힘 솟구치네

희망

계절 따라 기온이
오르고 내리듯

가정과 나라의 어려움도
슬기롭게 헤쳐가자

슬픔이 변하여
기쁨이 되리니

하나님의 사랑

하나님은
온 인류와 동물 곤충 식물들에게
태양과 달, 별, 비, 바람, 눈 등으로

지구의 모든 것들에게
사랑 담은 호흡으로
항상 쓰다듬어 주신다

우리도
이 사랑에 감탄하여
갈대밭에 바람이 오가듯

가족 이웃 나라가 사랑으로 이어져
온 세계에 사랑이 메아리칠 때
온 세계에 평화가 넘쳐나리라

천국을 소망하며

울타리 밑
개나리꽃
시들었네

어서 봄 돌아와
나를
깨우소서
아멘

참목자

말씀을 증거하실 때
생수가 넘쳐나고

생수를 마시면
치료함을 받고

생수를 마시면
생기가 넘쳐난다

삶의 일화

마님!
오늘은
평안하신지요

아뇨!
난 평생
가시 돋친 음식만 먹어요

언제
부드러운 음식을
맛볼려는지…

언덕길

머나먼 언덕길

지팡이를 벗삼아

힘들고 어려워도

인내하며 넘어가리

웃음의 창고

웃음의 매력은
보화의 창고

웃음의 미소는
복의 근원

웃음의 기본은
행복의 열쇠

웃음의 매력은
복의 근원

웃음의 향기는
영원한 생수

웃음의 도가니는
진리의 원소

웃음의 덫은
웃음의 향수

웃음의 행로는
황금으로 된 길

웃음의 씨앗은
행복의 지름길

기도는

기도는 나의 인내
기도는 나의 양식
기도는 나의 행복
기도는 나의 보약
기도는 나의 회복
기도는 나의 지름길
기도는 나의 향수
기도는 나의 희망
기도는 나의 천국
기도는 나의 웃음
기도는 나의 열매
기도는 나의 찬미
기도는 나의 엔돌핀
기도는 나의 적금
기도는 나의 추수
기도는 나의 보화
기도는 나의 창고
기도는 나의 자유
기도는 나의 기쁨
기도는 나의 생수

기도는 나의 찬양
기도는 나의 해방
기도는 나의 어록
기도는 나의 승리
기도는 나의 생명
기도는 나의 호흡

나의 기도는
하나님과의 소통

최신덕 할머니의 믿음

육십일년도 이른 봄 어느 날
횡단보도를 건너 우리 집에 찾아와 하는 말

태국이 엄마 내가 없더라도
태국이 아빠에게 이야기하여

우리 신덕이 아빠를 농사짓는 일에
같이 데리고 다녀줘요

그리고 집에 가서는 자부에게
이 메주를 다 내놓으렴

그리고 그 다음날 아침
하늘나라로 돌아가셨다

나도 그날을 안다면
목욕하고 머리 밀고

기쁨의 미소를 안고
육신을 기증하러

아주대병원으로
즐겁게 달려가리

먼저 간 딸과의
기쁨의 상봉을 기대하며…

철분을 흡수하려면

작은 무쇠솥에 밥도 짓고

찌개도 끓이고

또는 통에 물을 받아 쇳덩이를

담근 뒤 모든 것에 응용한다

제 2 부

영원한 생명의길

최고의 보물

첫째, 하나님의 사랑을 만끽하고
둘째, 가족과 손자 손녀들의 사랑을 만끽하고
셋째, 친척 친구 이웃들의 사랑을 만끽하고
넷째, 동포와 국토 사랑을 만끽하고

다섯 번째는 걸음마로 시작하여
대한의 금수강산을 바라보며
산천초목들과 같이 호흡하는 것

대한의 미래

육이오 직후 어느 부흥강사님 왈
지금은 세계에서 꼴찌지만
하나님이 '뒤로 돌앗' 하면 첫째로!
선조들의 피 끓는 애국정신 이어받아
우리 모두 다 함께 코리아를 빛내자

코 큰 사람이 오륙년 전 텔레비전에서 하는 말
앞으로 대한민국은 세계에서 2위로!
그러나 오십년 후 통일이 된다면
세계 1위로 달릴 것

작고 작은 민족이지만
정신력은 세계에서 1위가 될 것
대한의 후배들이여
우리 모두 힘을 모아 코리아를 빛내자

영원한 생명의 길

잠든 자들이여 깨어나 일어나시오
하나님은 당신들을 부르신다오

병든 자들 슬픔과 절망에 빠진 자들
모두모두 주님의 음성을 듣고 일어나시오

십자가만 보아도 예수쟁이만 보아도
구역질이 난다면 예수님께 따져보시오

하나님이 택한 백성이라면
십자가 앞에 무릎을 꿇으리

하나님은 태아로부터 죽음 직전에 이른 자까지
이때나 저때나 하고 두루 찾으신다오

이 세상의 부귀영화는 잠깐일지라도
하나님의 나라는 영원하다오

이 세상의 종말이 오는 것 같소
모두모두 속히 주님의 품으로 돌아오시오

누구는 높은 지위를 다 내려놓고
하나님의 귀한 종 목회자가 되었다오

이곳저곳에서 하나님의 역사하심이
너무너무 빠르게 움직인다오

하나님이 세상을 이처럼 사랑하사
독생자를 주셨으니

저를 믿는 자마다 멸망치 않고
영생을 얻게 하려 하심이니…

추수 · 1

추수 때가 다가오누나
이 추수를 하면 마음의 빚도 갚고
추수의 기쁨을 마음껏 즐기리

어둡고, 춥고, 아팠고, 힘들었던
이 모든 날들을 이기니
광명의 날들 뿐이어라

아 아, 나에게도
이렇게 기쁜 날들이 찾아오다니
꿈이런가 생시런가

이 세상에 다시 태어난 기쁨이어라
이 모든 날들을 보람 있고 힘 있게
매듭을 지으며 마무리하리

추수 · 2

농부들의 고달픈 과정을 지나
기쁘고 즐거운 추수가 오듯이

힘들고 어려웠던 삶을 통해
나의 추수 때가 다가오누나

이 추수를 마치면
즐거움이 넘치리라

나의 보물

자녀들과 손자 손녀들은
나의 꿈과 희망이어라
때로는, 지팡이가 되기도 하고
때로는, 보약이 되기도 하고
때로는, 면류관이 되기도 하고
때로는, 사랑의 발전소도 되고
때로는, 기쁨의 보금자리도 되고
때로는, 사랑의 사다리 무대도 되고
때로는, 사랑의 그림자 피난처도 되고
때로는, 자랑스런 사랑의 은행도 되고
때로는, 맛왕의 왕 길잡이도 되고
때로는, 사랑의 등불 119도 되고
때로는, 행복의 지름길 열쇠도 되고
때로는 자랄 때 누리지 못했던 행복이
마지막 무대에서 넘쳐 흐른다

자녀들은 나의 집

큰아들의 전화를 받고
아, 아 우리 집
대들보가 등장함을 느꼈고

자녀들은 언제나
나의 기둥이 됨을 느꼈다

손자 손녀들은 정원수와
꽃향기가 되어주는 느낌이다

행복의 지름길

삼팔년생 나는
태어나서 지금까지
수많은 고생 문턱을 넘나들었다

세월이 지나고 보니
고생의 문턱들이
내 작은 행복의 지름길인 것을…

태양

태양은 온 인류와 동물들과
식물들과 곤충들을
언제나 변함없이 사랑하고 있다

그 사랑은 지구의
종말이 올 때까지 이어지리

적금의 길

온 지구가
다 내 것이라 해도
믿음이 없으면
멸망의 길

비록 이 세상에서
가진 것이 없다 해도
믿음만 있다면
영원한 생명의 길

성공의 길은

인생의 길잡이를 잘 만나면
성공의 문이 열리겠지

따스한 봄에 씨앗을 뿌려
가을에 추수하듯이

완전한 성공의 길은
저 영원한 천국뿐이어라

성격과 버릇

도깨비 집에는
도깨비의 그림자가 덮이고

까마귀 집에는
까마귀의 깃털이 날리고

여우의 집에는
여우의 깃털이 날리고

토끼의 집에는
토끼의 깃털이 날린다

시련을 극복하며

광야에 버려진 저 선인장
언제나 비바람 맞으며
뿌리가 내릴까?

예수님 태양 되어 영양공급 받고
예수님 달님 되어
포근히 안아줄 때

깊고 깊은 잠에서
깨어나
제 모습 뽐내리

문빗장

유년 시절의 문빗장
무엇을 남겼을까?

청년 시절의 문빗장
무엇을 남겼을까?

장년 시절의 문빗장
무엇을 남겼을까?

마지막 문빗장
천국으로 골인!

우주의 비밀

우주 밖의 세상을
이 우주만큼 축소시킨다면

이 우주는
좁쌀 크기만하다

예수님 맞을 준비

이리 보아도 내 사랑
저리 보아도 내 사랑
너도 나도 즐거웁게
우리 모두 찬미하세

이리 보아도 내 사랑
저리 보아도 내 사랑
우리 모두 즐거웁게
우리 모두 찬미하세

이리 보아도 내 사랑
저리 보아도 내 사랑
예수님 맞을 준비해
우리 모두 찬미하세

인의 별들

세계 속의 인의 별들
쉬지 않고 돌고 도누나

나도 나의 별을
멋있게 남겨 놓으리

출산의 의미

아들을 낳았을 때는
나에게 든든한 버팀목과
울타리가 되어있음에 기뻤고

딸을 낳았을 때는
여자로서의 삶과 해산의 고통과
이별하는 출가의 삶에 슬펐다

늙지 않는 꽃

아들과 딸들은
영원히 늙지 않는 꽃

자부와 사위도
영원히 늙지 않는 꽃

손자 손녀도
영원히 늙지 않는 꽃

내 마음 기쁘고 즐거워
영원히 메아리치는 꽃

인생의 파도

절망과 희망은
언제나 파도를 쳐도

희망을 놓지 않으면
내 희망은 영원하리

제 3 부

사막에서도 열매를 맺는다

밥상

호화로운 진수성찬의
밥상도 있고

가난해도 우주만큼 큰
밥상도 있다

느낌대로 행동하여

모습은 같아도
느낌대로 행동하여
멸시의 눈초리로 보는가 하면

모습은 같아도
느낌대로 행동하여
파지 수레를 밀어도 주고

모습은 같아도
느낌대로 행동하여
아프실 때 병원으로 모실 것이고

모습은 같아도
느낌대로 행동하여
맨손으로 콧물도 닦아준다

그리운 추억들

삼대가 한 지붕 한 식탁
한 마당에 모였었네

아— 아— 추억을 그리며
웃음꽃이 활짝 피었었네

아— 아— 오늘 이 시간
그대로 멈췄으면 좋겠네

옛 추억의 정자나무에서
삼대가 모여 사진도 찍었네

다시 이런 날이 또 올 것을 기대하며
아쉬운 발걸음을 옮겼네

사막에서도 열매를 맺는다

사막 길에서도
막내 자부를 맞이한다

사막 길에서도
사랑하는 준혁이를 맞이한다

나의 꿈과 희망은
사막에서도 열매를 맺는다

나의 꿈과 희망은
저 천국을 소유하는 날까지 이어지리

앞서가는 한국의 교육

농촌학교 교장선생님
리더가 열매를 거둔다

희망의 리더가
전국으로 확산되어

온 세계로 뻗어가길
믿어마지 않는다

최고의 아름다움

비행중 땅을 내려다보니
마치 밤하늘을 보는 것같이
반짝 반짝!

비행중 비행의 통로를 보니
구름의 아름다움은 땅에서 보는 것이
곱하기 억만 배!

너무도 아름다워
땅 위에 내려오지 말고
그대로 머물고 싶어라

하나님이 예비하신
저 천국은
얼마나 아름다울까?

길 잃은 새

화분은 같으나
심겨졌다 뽑혔다 하는 나무들
길 잃은 새 마음을
조아리며 둥지를 튼다

오늘도
심겨졌다 뽑혔다 하는 나무들
정들었던 둥지를
아쉬워하며 생각에 잠긴다

또 내일은
어느 나무가 뽑히고 심겨질까
조바심치며
쉬임없이 둥지를 튼다

저 영원한 천국의 참포도나무
예수님을 생각하며
영원한 참포도나무에 지을
둥지를 그리며 잠이 든다

신기한 법칙

내면의 아름다움이
겉면도 아름답게 하고

내면의 잠재력이 폭발하니
겉면도 함께 폭발하고

내면의 힘 솟구치니
겉면도 즐겁게 일한다

내면의 마음이 움직이니
겉면도 따라 활동하고

내면은 말없이 전달하고
겉면은 말없이 순종하고

이 창조의 법칙은
무궁무진하게 이어진다

즐거운 식사시간

자 즐거운 식사시간이에요
우리 모두 다 같이 짝짝! 짝짝!

맡은 바 사명을 위하여
우리 모두 다 같이 짝짝! 짝짝!

희생

희생은 아름다운 것
이순신장군 유관순열사가
나의 조상과 후손들이
대한민국에 메아리칠 때
세계 속에 빛을 발하는
나의 조국이어라

하나님의 아름다운 비밀

병아리는
이십일 일 만에
삐약 삐약!

소는
열 달 만에
음매 음매!

사람도
열 달 만에
응애 응애!

모든 생명체의 비밀
천층만층 구만 층이어라

아리랑고개

아리아리 아리랑
쓰리쓰리 넘어가세

달콤한 봄비를 기리며
쓰리쓰리 넘어가세

어얼씨구 저얼씨구
쓰리쓰리 넘어가세

가을에 추수를 기리며
쓰리쓰리 넘어가세

오호라 대한의 얼들이여
쓰리쓰리 넘어가세

나그네길

머나 먼 인생길
십자가로 방주 짖고

말씀으로 노를 저어
내 고향 찾아가리라

대한의 빛

과거의 대한민국
많은 어려움을
지혜로 극복했고

지금의 대한민국
과거처럼
지혜로움으로 살아갈 때

미래의 대한민국
세계가 우러러볼 만큼
보석을 꾸민 듯 광채가 넘치리라

전기절약

전기절약은
나라를 사랑하는 법

오전 10~12시
오후 5~7시

우리 모두 실천하여
코리아를 빛내리라

이 세상 이별하는 날

나는 딸을 앞세우고
딸을 기증하며 생각해 왔다

나도 이 세상 이별하는 날
나도 딸같이 기증하리라

희망

추운 겨울을 지나
봄을 맞을 생각하니
내 희망 커져만 가고

탈옥을 향해
내 희망 커져만 가고
세계를 향해 내 희망 넘쳐나리니

병들었던 몸이
건강하니
내 희망 넘쳐나리라

잘 알지 못하여

누구는 고부간에 의리가 참 좋았는데
갑자기 참회가 찾아와

아들에게 제사 밥도
안 준다고 하니까

부인을 들어 패대기치고
그로 인해 며느리는 허리가 딸깍

복을 알아야

누구는 복주머니를 밟고도
그냥 지나쳐 버리고

누구는 전쟁 중 발길에 무엇이 밟혀
열고 보니 보화가 가득

아름다운 효

옛날 옛날에 어떤 자부는
강산이 몇 번 바뀌어도

고기 한 칼 대접을 못하여
자기의 허벅지를 저며서 봉양

이렇게 아름다운 효의 향이
다시 꽃피워 나간다면

미래는 밝은 태양이 솟듯
무지개 꽃동산 이어가리

제 4 부

나의 보금자리

하나님의 기적 · 1

다니엘은
사자 굴에서도
천사들의 도움을 받았고

누구는 눈이 사람의 키만큼 내렸어도
새벽기도를 가려고 대문을 나서니
천사들의 팔에 이끌려 교회 앞까지 동행

나의 외할머니는
문맹이신데도
성경책을 잘 읽으셨고

그래서 신문이나 책에 있는 글을 보이며
"할머니, 이거 뭐야?"
"어디, 아이고 모르겠다!"

하나님의 기적 · 2

누구는 열심히
기도하며 사시던 중
밥 지을 쌀이 없었는데도

잠겨 있던 집안에
우르르 소리와 함께
쌀통에 쌀이 가득 넘쳤다

젊음의 기를 받으면

젊음의 기를 받으면
생각도 빨라지고

젊음의 기를 받으면
상상력도 좋아지고

젊음의 기를 받으면
건강도 좋아지고

젊음의 기를 받으면
젊음을 유지하고…

사랑을 만끽하고

이웃들의
사랑을 만끽하고

자녀들과 손자 손녀들의
사랑을 만끽하고

하나님의
사랑을 만끽하고…

희망은

희망은
나를 위해
다가온다

희망은
자기가
인내한 만큼

희망은
모두에게
행복의 열매로 다가온다

싱거웠던 일

내가 어렸을 때 누군가가
열심히 가르쳐 주었다
도리도리 잼잼! 곤지곤지 짝짜꿍!

이리도 싱거운 것을 다 가르쳐주나
의심쩍어 멍하니 쳐다보니
어디 어디! 해 봐 해 봐!

그래서 있는 힘을 다해
정신없이 마구 머리를 흔들어댔더니
아아 됐어! 그만 그만!

짝꿍

하늘은
파랗게

땅은
누렇게

가정은
행복하게
딩동댕!

사랑의 활력소

사랑의 활력소를 통해
내가 살아가고 있다

사랑의 활력소를 통해
모든 생명체가 살아간다

성경말씀

성경말씀 육십육 권을
분석하니

안 믿으면 멸망
믿으면 구원뿐!

육이오 동란

육이오 동란을 맞이하여
초등학교 오학년 때
그만 주저앉고 말았다

나라의 휴전과 함께
다시 서울에 가보니
계속 공부하는 친구도 있고

어느 친구는 대학에도 다녔다
그러나 그 친구를 보았을 때
부끄러워 아는 체도 못했다

몇 십 년이 흘러
단 한 명의 후배를 만났다
아~ 선배님

동창회 졸업 친구도 없는 나
선배님 소리를 들으니
대통령이 된 기분

참 기쁨

인간들의 삶
천층 만층 구만층

나는
어디에 속하였을까

비록 낮을지라도
마음 속 부자로 살아갈 때

웃음의 미소로
내 희망 넘치리

기분 좋았던 날

어느 날 파지 수레를 끌고
칠순을 바라보는 나이에
수원 사거리 횡단보도를 건너던 중
갑자기 빵빵 클랙슨 소리가 나
82-1 노선버스 기사를 쳐다보니
그도 나를 바라보고 있었다

가슴을 두드리며
'아저씨 나요?'
그는 고개를 끄덕
그러면서 주먹을 불끈 쥐고
엄지손가락을 높이 치켜들고 외치는 말
'울 아줌마 최고!'

아마도 도로를 운행하던 그 어느 날
도로에 내던져진 크나큰 돌을
치워놓는 것을 본 모양이다
아무렴, 대중 위해 봉사하고
운동되어 기분 좋았던 날

고마웠던 친구

삼십 년 전 친구집에 놀러가면
언제나 배부르게 먹고 올 때면 꼭꼭
친구 남편은 리어카로 짐 배달한 돈에서
삼천 원을 주며 '차비라도 하세요'

어느 날 꿈에 그 친구 남편은 지하에
쌀가마니가 백여 개나 쌓인 더미를 가리키며
'이거 다 가져 가세요'

직장에서 그 친구를 만났다
친구의 보물을 뺏어오는 것 같아
'친구야 내 꿈 사' 하며 계란을 얻어먹었다

그 후 어느 날 집에 가 보니
문이 잠겨 있었다
'어 큰일났네 나 이대로 쫓겨나면 어떡하지'

그 친구에게 울먹이며 전화를 했다
그 친구 왈
'걱정하지 마 내가 방 하나 비워줄게'

사랑의 노래

사랑사랑 사랑사랑
내 사 랑!

사랑사랑 사랑사랑
내 사 랑!

사랑사랑 사랑사랑
내 사 랑!

행복의 문

행복의 문은
자기가 생각한 만큼
나아간다

행복의 문은
자기가 실천한 만큼
열린다

나의 보금자리

고대하고 기다리던 보금자리가
나의 앞에 등장 신호를

아― 아―
꿈이런가 생시런가

이제는 세를 안 내도 되고
이사를 그만 다녀도 되고

그동안 이사 보따리를
삼십 번도 더 쌌건마는

손주와 손녀들 덕분에
귀하고 귀한 보금자리가 등장

이 세상에 태어나
팔십년 만에 보금자리 완성

구원의 심리

누구는 핍박 속에서도 교회를 다녔다
그런데 시누이가 골탕을 먹이려고
윷놀이로 지면 옷을 한 가지씩
벗기로 했는데 그만 지고 말았다

잠이 들었다 깨어 보니
장롱 속 옷까지 모두 없어지고 말았다
할 수 없이 홑이불을 뜯어 몸에 감고
교회로 달려갔다

모두들 황급히 달려와
아가야 네가 믿는 하나님 우리도 다 믿으련다
한 사람의 기도와 희생으로
온가족 구원했다

탈옥

탈옥의 문이 열리면
마음껏 달려 보리라

탈옥의 문이 열리면
예쁜 둥지도 지어보고

탈옥의 문이 열리면
자유의 종소리 크게 울리리

탈옥의 문이 열리면
꽃씨도 뿌려보고

탈옥의 문이 열리면
태극기도 만방에 날려보고

탈옥의 문이 열리면
정원에 무궁화도 심어보리라

희망의 계단

지금까지
칠십이 계단째
오르는 중

아직 남은 계단은
다섯 계단

그 한 계단은
삼백 예순 다섯 번째
해가 뜨고 져야 한다

그 계단을 다 오르면
나의 열매는 무르익어
달콤한 맛을 내리라

동생이 태어나던 날

여섯 살 때 일
나와 동생은 방에서 쫓겨나
마루로 나와 이리 뛰고 저리 뛰며
놀다가 갑자기 궁금하여

저 방안에서는 도대체
무슨 연극이 벌어지고 있을까
살금살금 안경 알만한
유리문 틈으로 방안을 들여다보니

어른들이 오줌이라도 싼 듯
방바닥에 물이 흥건함을 본 동시에
얘들아 들여다보면 아가가
부정 타서 죽는다고…

제 5 부

어느 길로 가야 하나

행복의 행진곡

딴딴다 딴딴다
행복의 행진곡이
힘차게 들려온다

딴딴다 딴딴다
이 행복의 행진곡이
모든 이와 함께하기를…

네 살짜리의 작품

총 여덟 식구 하루 걸러 잔업하고
집에서나 직장에서 잠자는 시간은
하루 중 총 네 시간 뿐

피곤하여 밀 부침개를 부치다 말고
잠이 들었나 보다
내가 부치던 밀 부침개를

불을 때서 생활하던 시절
막내는 밀 부침개를 맛있게 부쳐
나에게 드세요 한다

어릴 때 추억들

다섯 살 무렵 아버지께서
꽃상여를 타고 나가시는데
사촌언니가 상여 뒤를
따라가며 슬피 울어댄다

나는 속으로 저런 바보들 같으니
나는 좋기만 한데 울긴 왜 울어
가마 타고 시집가던
사촌언니처럼 착각

또 어느 날 어머니께서
오빠들에게
화루를 써보라 하는데도
그걸 못쓰고 있어서

내가 얼른 그것도 못해 하니까
어머니께서 그럼 네가 써 보렴
그래서 얼른 화루와 화젓가락을
그려놓으니 모두들 눈이 휘둥그레!

희망

어두움의 터널을 지나
밝은 태양을 바라봄같이

기나긴 밤을 지나 드디어
동틀 새벽이 다가오누나

태양을 맞을 준비를 해야지
진달래 무궁화도 심어보고…

슬픔의 사연들

누구는 문밖 출입도 못하다
자유 없이 생을 마감했고

누구는 광에 갇혀 살다가
생을 마감했고

누구는 길에서
따돌림을 당하고

누구는 어머님을
파리약으로 질식

누구는 자루 속에 넣어
버림을 받고…

어느 길로 가야 하나

과거 현재
미래의 일로
분주한 인생들

부자 나사로는
부자로 살다가
지옥으로

거지 나사로는
비록 거지로 살았어도
천국으로 골인!

맹꽁이들의 진실한 교훈

꽃들은 자기들의
모습을 자랑하며
나비와 벌들의 공연을 베풀고

맹꽁이들은 자기들의
목청과 모습을 마음껏
자랑하며 맹꽁맹꽁

맹꽁이들은 진실하게
나는 나는 맹꽁이요 맹꽁이요
그렇게 고백한다

육이오 동란 때의 기적

어떤 사람은 악당들을 피해
후다닥 방 문짝 뒤에 숨었어도
발각되지 않았고

누구는 옛날 화장실에 앉았어도
악당들이 뛰어 들어와 머리 위에
소변을 쏘고 가버리고

발각될까 두려워 소리도 못 치고
하나님은 지금도 이곳저곳에서
역사하시리라

아 그럴 줄이야

십오 세 때 버스를 타며 생각한다
이거 두 계단 세 계단 오르지 말고
한 계단만 타고 내리면 어떨까?

이층버스는 그건 그렇고 했는데
오십년이 흐른 뒤 내가 그걸
타고 다닐 줄이야

어떤 것들은 십년에서
오십년 사이에 태어난
작품들이 수두룩!

여인들의 시집살이

여자들은 시집가면 벙어리 삼년
봉사로 삼년 귀머거리 삼년을
다 마쳐야 시집살이 성공

누구는 태어나 벙어리 십구년
배고픔 이십사년 추위를 오십년
감옥살이 평생

밝은 태양이 솟고
자연의 노래를 마음껏 들으며
무궁화를 심어볼 날은 언제런가

왜?

왜?
모든 것을
버리려 할까?

란!
난초꽃은 버려지면
춤을 추며 날아가리

어머님의 팔베개

어느 날 여동생 둘이 나란히
어머님의 팔베개를 하고 누웠다

어머님께 물었다
나는 어디에 누울까요

어머님은 손바닥을 두드리며
너는 여기에 누우렴

동생들이 내가 받을 사랑을 모두
가져간 것 같아 실험을 해본 것

그래서 안도의 한숨을 쉬고
어머님의 팔이 아플까 봐

가만히 얼굴만 손바닥에
대어보고 얼른 일어났다

영정사진을 찍으며

너희들 모두모두
와주어서 고맙구나

문상객 여러분
모두모두 고맙습니다

아가들아 모두모두
잘 있다 오거라

추위 배고픔 슬픔 사고 질병이 없는
저 천국에서 모두 다시 만나자 안녕!

추억의 놀이방

나는 놀 때마다 언제나
상나무에 올라가 놀곤 했다

상나무들을 흔들어대며
어디만치 가니 서울만치 간다

그 상나무는 바위를 뚫고
약 1미터나 내려간 것

지금에서야 알고 보니
삼백년이 넘도록 그 자리에

그뿐만이 아니라 백보쯤
떨어진 곳에도 두 그루의 상나무가

같은 삶을 살아가며 격려하며
마주보고 서 있는 것

광교산 호랑이

육이오 전 경희대 너머 마을
여인들 셋이서 수원 오일장에
왔다가 집으로 가는데

호랑이도 뒤에서
어슬렁 어슬렁
한 사람이 먼저 집에 도착

문을 두드리는 순간
호랑이가 달려들어
덥석 물어갔고…

작은 힘도 모으면 큰 힘

우리 집 주춧돌은 추녀 밑에서
떨어지는 작은 물방울로 인해
커피잔만큼 움푹 파였다

사랑의 힘이 뻗어갈 때
굳은 마음도 조금씩 조금씩
녹아지겠지

고양이들의 비밀

고양이들은 새벽마다 토의를 한단다
고양이가 초상집 구들장 밑으로
들어가면 송장도 벌떡

우리 집 고양이는 팔십년 전
자루 속에 넣어
6킬로미터 밖에 버렸어도
아버지보다 먼저 집에 도착

고양이들은 4킬로미터 밖에서도
암창내를 맡는다

첫 손주 태어나던 날

병원에 가 보니
첫 손주가 태어났다

출산의 고통을 참느라
힘이 많이 들었나 보다

그럴 때마다 사돈께서는
아직도 멀었다 아직도 멀었다

그 서운한 소리를 자부는
내게 모두 이른다

나는 미소로 답했다
다 그런 것이라고…

공전의 법칙

네가 잘 되어야
내가 잘 되고
내가 잘 되어야
네가 잘 되고
이웃과 화목해야
온 세계가 화목하다

제6부

사랑이 넘치는 부부

사랑이 넘치는 부부

반세기 전 수원 연무동에서
중년부부는 남편이 동사무소에 근무

그동안 병석에 누운
부인이 외로울까 봐

언제나 먹을 것을
머리맡에 준비했고

날마다 이웃분들이 와서
즐겁게 놀아주었다

상나무의 비밀

상나무 뿌리는 바위를
녹일 수 있는 능력을 가졌다

상나무 차를 마시면 몸속에 있는
암도 녹여 버릴 것만 같다

상나무와 친하면
상나무의 성질을 담는다

봉선화 씨로 차를 마시면
암에 도움이 된다

개들의 사건

어느 개는 우리나라 반세기 전
명절 때 술에 취한 주인을 살리려다
아랫역에서 주인과 함께 꽁꽁 얼어 죽고

외국의 어느 개는 노인들의 임종을
먼저 알고 킹킹대며 자리를 지키고

우리나라 돼지값이 폭락하자
산에 내다버린 돼지 새끼들을
개가 물어다 제 젖을 먹였다

어느 개는 주인이 밥 지을 시간을
알려주려고
날마다 문을 박박 긁고

어느 애완용 개는
저보다 새끼를 더 사랑하니까
슬며시 가출하고

애완용 개를 잃어버린 부부

차를 타고 며칠을 찾다가 지쳐 부인 왈
당신은 나보다 개가 더 좋아?

흥분한 남편
부인의 목을 누르고…

육이오 피난의 비밀

누구는 육이오 때
피난을 급히 가느라

아가를 업고 간 줄 알았는데
젖을 먹이려 내려 보니 베개!

누구는 아가를 거꾸로 업고
피난을 갔으며

누구는 길에 버리어
고아원살이

누구는 추위에
꽁꽁

누구는 평생 생사를 모르는 채
꿈속에서만 보는 이산가족

누구는 서울 용산에서 폭격맞아
떨어지며 아이쿠!

도둑을 잡으려면

누구는 지혜로 고춧가루를
눈에 뿌려 도둑을 잡고

누구는 머리를 써서 창문 너머로
시어머니를 넘겨 경찰에 신고

옷장을 열어놓고 패물도 옷도
다 가져 가세요 하는 찰나

그만 경찰이 들이닥쳐 가면을 벗기니
친정 이웃집 아저씨!

호랑이의 보호

누구는 추운 겨울날
방에서 쫓겨나 추녀 밑에 누웠는데
호랑이가 감싸주어
추운 밤을 잘 넘겼고

어느 설교하던 목사님은
깊은 산속에서 기도하실 때도
호랑이가 감싸주었다

생명나무의 비밀

열두 진주문 그곳에서
땅위의 슬픔을 모두 잊은 채

저 천국에는 다달이 열리는
생명나무의 과일이 풍성

이 생명의 열매를 얻기 위해
나의 열매는 무르익고

고난의 길을 참아가리

누가 살림을 해야 늘까

어느 집에서
가족회의를 했다

한 해는 시아버지가
그 다음해는 시어머니가

한 해는 아들이
그 다음해는 자부가

그런데 자부가 살림을 제일 잘해
그때부터 자부가 통치!

삶의 과정

구더기가 파리로
삶을 이어가고

굼벵이가 땅속에서 삼년
매미로 다시 태어나
매앰매앰 하며 일주일 살고

사람은 길면 백이십 년
저 천국에서는 영원히…

추억의 꽃길

코스모스 한들한들
내 마음도 한들한들

전국 어디서나
코스모스 꽃길

코스모스 활짝
내 마음도 활짝

그리운
추억의 꽃길

만남과 이별

즐거움이 넘치는
무대도 있고

외롭고 쓸쓸한
이별도 있고

어둡고 캄캄했던
무대도 있고

가볍고 밝은
이별도 있다

뻐꾹새

삽십 년 전 이곳 권선동은
뻐꾹새가 뻐꾹뻐꾹하며
구성지게 울어댔다

온종일 뻐꾹뻐꾹 노래를 들으며
지루함을 잊은 채
밭일 과수원일을 했다

지금은 어디에서
그 아름다움을 전하는지
따라가고 싶어라

성장의 이치

콩나물은 여섯 시간마다
물을 줘야 곧게 자란다

자녀도 부모의
가르침을 받아 곧게 자란다

하나님의 자녀도 하나님의
말씀 속에서 곧게 자란다

성격형

재잘재잘형, 묵묵형

끈끈형, 총알형

꽈배기형, 쌀쌀형

화를 삭히면

삼초 동안 분노를
삭히면

살인도 면하고
자살도 면한다

인생살이

길도 굴곡이 있고
평평할 때도 있다

인생살이도
오르고 내릴 때가 있다

슬플 때도 있고
기쁠 때도 있다

건강할 때도 있고
병들 때도 있다

태어날 때도 있고
하직할 때도 있다

만족을 찾으려면

세상에서 칠천 주를 산다 해도
세상에서는 만족함이 없으리
주님과 함께하는 나라 사람만이
영원한 평안과 만족이 넘치는 곳

칠천 주 = 134년+32주

성공의 길은

아르바이트는
성공의 비결

고난의 길을
인내하며 참아낼 때

희망의 문이
활짝 열리리라

희망

바람아
불어라

파도야
높이 높이 솟아라

그리움아
막을 내려라

절망은
멈추어라

아픔은
물러가라

희망 앞에 절망은
무릎을 꿇으리라

이혜란 제2시집
행복의 열매
•
지은이 / 이혜란
발행인 / 김영란
발행처 / 한누리미디어
디자인 / 지선숙
•
08303, 서울시 구로구 구로중앙로18길 40, 2층(구로동)
전화 / (02)379-4514, 379-4519
Fax / (02)379-4516
E-mail/hannury2003@hanmail.net
•
신고번호 / 제 25100-2016-000025호
신고연월일 / 2016. 4. 11
등록일 / 1993. 11. 4
•
초판발행일 / 2018년 1월 10일
•

•
값 10,000원
•

•
ISBN 978-89-7969-768-1 03810